2012년 10월

어머니와 함께

딸들

큰딸

막내딸

아들, 며느리

남편과 함께

이희정 제6시집

보름달떼지 1

한누리미디어

국립중앙도서관 출판시도서목록(CIP)

보름달편지 : 지은이: 이희정. -- 서울 : 한누리미디어, 2013
   p. ; cm

ISBN 978-89-7969-445-1 03810 : ₩8000

한국 현대시[韓國現代詩]

811.7-KDC5
895.715-DDC21   CIP2013000283

어두운 하늘이 세상을 밝히면
서글픈 나의 의지들은 달의 속내와 합체를 한다.
차가운 내 영혼이 데워지는 순간
눈물도 함께 솟구친다.
연민한 내 일상과 나의 詩를 생각하며
들숨과 날숨으로 내 안에 켜지는 노란 등불을 센다.

나의 여섯 번째 시집에는 특별한 모습들이 등장한다.
그것은 내 기도와 명상의 화두이며 나의 힘이기 때문이다.

차례 Contents

제1부 | **사막에 강이 있었네**

제2부 | **불시착**

차례 Contents

제3부 │ **만남을 표현하다**

제4부 | **노인병동에서**

어둠은 이미 어둠이 아니었지만
공중에 편지를 띄우면
그저 눈부신 답신이 온다

제1부

사막에 강이 있었네

수련빛깔 립스틱

보이기 위해
내보이는 힘은 아름답다
율동의 몸과 움직이는 세상이 만나서
채워지는 온기
저기 먼 스리랑카 알루비아사원에
수련이 피었을 때처럼
이방인의 눈길로 빛이 되는 어둠
천천히 저 먼 전생에서 내려와
자벌레처럼 앉아있는 살갗 위에
수련빛 욕망을 키우는 나만의 우주는
천지에 수많은 발자국을 남기며
은은한 꽃의 빛깔로 산다
우리가 사랑을 기억하기 위해
수련 사이로 걸어갔듯이
그 힘은 아직도 유한해서
욕망과 허무의 첩자를 키우며
내 입가에 번진다

사막에 강이 있었네

뜨거운 숨결이 모래바람에 실려
거칠게 밀리고 있을 때
어디선가 편안한 강이 흐르고 있었네
목숨이기 이전에 나무나 사람으로 태생했던 것은
뜨겁게 살았던 삶을 되풀이하고픈 욕망으로
몇 번이나 몸의 음색을 바꿔서 흐르다 보니
저 북쪽 고비의 강 아래 멈춰서
강이기 이전에 슬픔을 소리내고 있었네
와디라는 강의 실체를 알아 보니
뜨거운 열기에 허기가 져도
낙타의 굽은 등과 사람들의 지친 발자국은
서로를 열망하는 은빛 희망이었네

雨天 염천

꽃의 말을 알아들을 수 있다면
칠월 한낮에
왜 저리 폭우가 쏟아지는지 알 수 있으련만
아토스섬에서 만난 대책없는 장대비에
어느 작가의 여정이 힘들었듯이
이제는 가고 없는 그 어느 때의 이야기가
불볕더위 속에 있다
어디 숨은지 모를 내 반쯤의 얼굴도
무라카미 하루키처럼
불가사의한 공기를 마시고 있다
염천 앞에서 오로지 나약해지는
지상의 피돌기들

내 귀

사는 것 시끄러워
가는 귀 먹어버린 내 왼귀는
삶의 고독하고 비릿한 것만 듣고 살아
이제는 비우는 법을 스스로 안다
병명을 모르는 진찰만으로
세상 어찌 사는 법을 처방해 주며
그저 덜 듣고 편히 살라고
한쪽 귀를 희미하게 만들었구나

.....

.....

내 속을 가만히 들여다보고 싶은 날
낮은 곳에 눕고 높은 곳에 앉아
그저 묵묵한 명상의 몸짓을 배운다
속절없이 그렇게 늙어가고 있으면
내 귓속 달팽이관은
자기만의 소리를 낸다

섬에서 편지가 왔다

교동이라고 쓰여 있다
이제는 죽은 시인이 섬이 되어 있다
한낮의 길이가 그저 밝기를 되풀이하고
삶의 이야기가 짙어지는 여름날
바다 건너 화개사도 첩첩일 무렵
내가 받은 편지는
굽자란 소나무를 부르고 바다를 부른다
서러운 기억으로 엉키고 있는
우리네 살림살이, 그리고 저 먼 바닷가
죽은 시인이 살던 마을은
사람들과 함께였던 날을 확인시켜 준다
빽빽한 게 어디 편지뿐이랴

사랑은

활엽수의 마지막 잎새에 내리는 그늘이며
후박나무 뒤란에서
반짝거림으로 오는 저녁이다
상처받지 않고 넘어갈 수 없는
들꽃 피는 언덕이다
한세월 사잇소리 내며 흐르는 강물이다
눈 감아둔 이야기로 타올라
천 개의 말을 전해 주는
봄
여름
사을, 그리고
겨울이다
끊임없이 타오르다 꺼지는
숨결의 아득한 근심이다
춥고 미안한 생시의 말이다
당신의 애틋한 눈길 보내심이다

눈물

나는 눈물이 참 많은 사람으로 태어났다. 사람을 가려서 사귀는 것도 특별하며, 인정이 많아 나약한 사람을 보면 가슴에 눈물이 핑 돌면서 가진 것 없는 내 손을 뻗치기도 한다.

佛家에 동안거 하안거 해제와 결제가 있듯이 나의 결제는, 가엾은 사람이 가슴에 와 닿는 것이고, 나의 해제는 인정과 보시였으므로, 가난한 시인이어도 마냥 행복하다.

그러다 보니 나만의 비전을 다스려가는 힘이 생겼고, 눈물이 나를 표현하는 감정이 되었나 보다.

어느 책에서 본 대목이 생각난다. "사람이란 자신의 인생을 살다 보면 우주의 법칙이 더욱더 명료해지고, 그때 비로소 고독은 고독이 아니고 가난도 가난이 아니니, 그대들의 삶을 간소하고 또 간소화 하라"는 구절이다. 아직도 내가 돌봐야 하는 안팎의 사람들을 생각하면, 단순하게 산다는 것이 참 힘든 일이긴 하지만, 마음을 비우고 사는 인생이 행복할 것 같다는 생각이다. 눈물은 그 사람의 순수며 진실이며, 내면을 표현하는 가장 솔직한 표현인데….

내가 직장에서 겪은 일이다.

옛날 군대식으로 표현해 본다. 내가 경험이 많다 해도 새로 옮긴 직장이어서 긴장은 하고 있었는데, 먼저 입사했다고 해서 감정을 다칠 정도의 지나친 간섭과 지시가 오뉴월 찬서리 같았으니, 하루는 험한 곳 밑바닥을 물청소하고 마른걸레로 싹싹 닦으라 해서 그대로 일하다 보니, 눈물이 하염없이 쏟아져 나왔다. 그래서 나는 눈물을 훔치면서 "석가는 더한 고행을 가슴뼈가 앙상하도록 하셨는데, 이까짓 게 대수니!" 하며 눈물을 남몰래 닦으며 일하는 것을 본 사람들이 어디가 좀 모자라는 것이 아니냐고 했다.

그래, 눈물은 무지하고 인정없는 사람들에게 무시당해 버리는 고혹한 물방울이란다.

살나지 못했지만 잘났고, 아름답지 못하지만 아름답고, 착하지 못하지만 착하고, 행복하지 못하지만 행복하다고 생각하며 나는 이제 한참을 늙어가고 있다. 무엇이든 열정을 가지고 살다 보면, 삶의 한복판을 뚜벅뚜벅 당당하게 걸어갈 수 있으니. 그래서 내 눈물은 세상을 살게 하는 감성이고 나만의 힘이 아니었나 싶다.

나의 다섯 번째 시집에 있는 〈눈물〉이라는 詩를 다시 생각하며.

내 몸이 굳을라치면/ 물결치듯 솟구치는 분노와 애정의
독특한 관계며// 가슴과 등지느러미 사이에/ 강이 흐르고
있어 한 번씩 몸 뒤틀 때// 고혹적으로, 때론 폭풍처럼 밀
려오는/ 서글픈 내 몸의 의지며// 가끔씩 우리가 후끈히
젖고 싶을 때/허물을 벗듯 흘러내리는 인정의 입자며// 좁
은 터널을 고통스럽게 빠져 나와/ 비로소 세상이 되는 투
명한 살갗의 물기며/ 오늘도 나는 한 방울의 눈물로 詩를
쓰나니/ 슬픔도 오래 되면 빛이 되느니

연밥을 샀다

꽃집에 갔다
연밥이 곱게 퇴색되어
마른 홍죽 가지에 꽂혀 있다
내 눈에 수없이 들어왔다
사천 원이라고 꽃집 주인은 말했다
나는 사천 원으로 오늘 하루의 행복을 샀다
내 방 모서리에 세워 놓았다
꿈속에서 연꽃이 피었다
들큰한 바람이 다녀간다
꿈이나 생시나 부스럭대던 연밥이
내 칠월의 감정이다

청개구리 울음에 관한

개구리 우는 소리를 어릴 때 많이 들었다
광주교대부속국민학교 가는 길 논두렁에서
개구리가 수없이 울었었다
비가 올려면 울고
날이 흐리면 더 많이 울었다
직장 동료가
청개구리 울음소리를 흉내내 주었다
깩깩깩 운다고 표현해 주었다
나는 청개구리 울음소리를 들은 적이 없기 때문에
참 신기하기도 했다
개구리는 개골개골 내 기억으로 울고
오늘은 청개구리 흉내가
내 어린 날 논두렁의 풍경을 대신한다
살기 위해 우는 것은
흐린 날의 배경이며 생의 치열한 목청이다

깩깩깩 오늘은 내가 우는 날이다

그날의 바다

없는 길 위에서 길을 만난다
마음이 길을 내면 하늘로도 내고
닿지 못할 곳으로도 낸다
너와 나의 길목에
깔깔거림의 아이들이 논다
다른 生으로 넘어가는 길목이다
오랜 수평선

정들면 이별해야 하는 이치처럼
솟구치다 출렁이는 몸빛이 너무 눈부셔서
그 배후를 생각할 수밖에 없다
떠나온 날 내 앞에는
아득한 세상이 다시 진을 치고 있다
짠기 없는 수직의 세상이다

긴 엽서

며칠이 흘러도
내가 사는 곳이 생각나지 않는
히말라야 산 밑입니다
아침 안개 속에
축축히 젖어 있는 도시의 내막을
꿈인 듯 생시인 듯 들여다봅니다
카트만두행 16인승 경비행기를 기다리며
길고 간단한 마음 적어 보냅니다
고장난 벽시계가 걸려 있는 공항의 풍경도
이곳의 내력인 것 같습니다
유일하게 귀가 뚫리지 않으셨다는 분께
음악CD를 선물하고
이제는 귀가 열리리라고 확신해 봅니다
기다림이 긴 이곳에서는
사람들의 말소리로 시간이 흐르는가 봅니다

.

.

.

아, 이제 비행기 날개 소리가 들립니다

조그마한 경비행기는
소리로 그 힘을 받고 있습니다
이제 떠나야 합니다
우체국 창가는 아니어도
서툰 이 도시가 나는 늘 그리울 것 같습니다
히말라야가 지척인 이곳에서
삼가 긴 엽서를 띄웁니다

네팔 사람의 생각

손가락에 산이 있고
손기락에 불이 있고
손가락에 나무가 있다는 네팔 사람은
손가락에 바람이 살고
손가락에 바다가 있다고 하면서
다섯 손가락이 호흡을 맞추면
세상 안 되는 것 없다고
한참을 말하고 있습니다
나도 손기락을 펴서
바람 한 줄을 불렀습니다
가파른 내 삶이
물씬 희망이었습니다

꾸마리

아가,
네가 아무리 神이라 해도
내 눈에는
10살 것 예쁜 소녀로 보일 수밖에
신호 따라 창가에 얼굴 보이는
팔딱팔딱 천진한 그 모습이
내 막내딸 어릴 적 같아서
합장도 못하고 돌아서는데
빛나는 등잔 하나 신전 앞에 걸려 있구나
작고 여린 것도 꾸마리라는 이름으로
모시고 높이다 보면
너처럼 예쁜 神이 되는구나

방아쇠수지증

내 손가락에 굴곡이 생겨 가시지를 않는다
힘들고 서러우면 폐허가 오는 것처럼
날짐승들의 울음주머니가 팽창하는 것처럼
엄지손가락 구부러지던 병명이
방아쇠수지증이란다
무심히 외로울 때처럼
어질머리 슬픈 병명 내게로 왔을까
손가락 자꾸 만지며 내 생애를 다둑거리다가
오늘은 한의원에 갔다
사혈을 해 주고 침을 놔준다
침으로 찌르고 쑥연기를 피워도 떠나지 않는 아픔
그러나 나는 자꾸 주무르고 위로하니
씻은 듯이 나았다
눈물나게 고운 내 손가락

가족예찬

따스한 불빛 따라가 보면
天界에서 맺어진 사람들 모여 있다
서로에게 사랑을 호명하며
도란도란 말의 꽃을 피우기도 한다
문 밖에 세찬 바람 불고
창문 흔들리는 날은
객지 사는 자식 걱정에 가슴이 아리다가도
사방 천지가 온통 기쁨인
生의 과녁을 위하여
서로의 손길 다둑이면
어디선가 연꽃 피는 소리 되감아온다

내 심장

건강진단해 보니
심장이 다른 사람보다 크다고 한다
그래, 내 심장 속에는 세상이 많이 들어있어서 그래
울타리 같은 자식들 셋이나 있고
떨어져 있으면 애타는데
함께 있으면 살이 끼었다고 하는
남편 앉아있고
훗세상을 향해 슬픈 시 써 보는
막내동생도 앉아있고
기억이 퇴색되어가는 슬픈 엄마도 앉아계신다
그 뿐인가!
내 직업 속에 앉아 웃고 울리는
치매 노인들 살고 있고
둘째 동생도 가부좌 틀고 앉아있는데
사시사철 바람과 빗물까지 들어와
내 심장이 포화상태가 되었나 보다
지금은 새벽 5시,
오늘따라 늦은 귀가의 가족들 기다리면서
나는 또 심장 한 부분을 쓰다듬고 있다

그래, 그래! 가상하고 아름다운 내 심장아
더 이상의 병명으로 아프지는 말거라
말거라

부모프로그램

베개를 가슴에 대고 엎드려서 공부하는 버릇이 어렸을 적부터 생긴 습관이라 그런지 지금도 고쳐지지 않아 허리가 가끔씩 아픈 결과를 가져온다. 나의 이런 모습이 평생 태도가 되어 버린 것처럼, 사람은 어떻게 습관이 길들여지냐에 따라서 사는 모습이 형성된다고 해도 과언이 아닐 것 같다.

나는 이제야 새로운 자격증을 딸 결심으로 지금도 공부하고 있다. 과목 중에 교수님과 학우들이 함께하는 부모프로그램이 있다. 거기에서 가족은 평생 가슴에 품고 사는 그리움이며, 책임이며, 서로 의무와 최선을 다하는 불가분의 관계라고 했다.

부모프로그램을 참관하면서, 부모는 자식들에게 배울 수 있는 것이 더 많다는 생각을 해 본다. 그래서 부모프로그램 강의는 후회와 반성이 함께 따라오는 인생의 강의시간이 아니었나 생각을 해 본다.

자녀와의 관계에서 자녀들에게 우선 자주 쓰는 말이 무엇인가를 생각해 보았다. 성질이 먼저 앞서가는 언행에서 자식을 바라보니, 싸움도 하고 그에 따라 반항하는 말이 자식에게서 튀어나오면, '니가 감히 부모에게…' 하면서 그렇게 서운할 수밖에 없는 것도 부모에게 자식은, 늘 복종해야 한다는 선입견에 싸여 있기 때문인 것 같다.

내가 자식을 성장시킨 과정을 쭈욱 돌아보니, 뭐니 뭐니 해도 부모가 화목하고 올바르게 살아줘야 아무리 성격이 모난 자식이어도 눈에 들어오는 가족의 모습과 풍경이 그 자식들의 가슴에 쌓이고 쌓여 결국에는 올바르게 커 주지 않을까! 하는 생각에는 지금도 변함이 없다. 그래야 내가 자식에게 기대하는 조건을 내세울 수 있고, 좋은 관계가 형성될 것이라는 생각도 해 본다.

무엇보다 자식을 평가하는 내 기준은, 늘 방긋방긋 웃음 띄고 있는 얼굴이다. 그 웃음대로 자기의 삶이 펼쳐진다는 생각을 하기 때문이다.

그래서 사람의 마음이 얼굴 표정으로 나타난다는 말도 일리가 있을 것 같다.

또 인상 깊었던 것은, 가치관에 경매를 매기는 교수님의 수업이었다.

부모프로그램 수업을 참관하고 나에게 물어보았다. '희정아 너는 자식에게 바라는 게 무엇이니?' 하고 물었더니, 첫째가 평생을 건강해 주는 것이었다. 사람에게 건강이 따라

주지 않으면 그 모든 것이 허사이기 때문이다. 꿈도 희망도 의지도 돈도 사랑도 결국은 건강해야 함께 따라오는 것이라고 생각한다.

그리고 전문성이 있는 직업을 선택해야 한다는 생각도 함께 해 본다. 그것이 꼭 높은 전문성보다는 공부를 못한 아이에게도 분명 자기만의 특출한 것이 있다고 생각하며 그 기술을 가르치면서 길러준다면, 험하고 복잡한 세상도 많이 힘들지 않고 살아가는 방법이라고 생각한다.

일류 회사를 다니던 사람도 그 직장을 그만두면 별 볼일 없다는 생각을 하기 때문이다. 그러나 자기만의 특별한 기술이 있으면, 어떤 상황에서도 살아갈 수 있는 힘이 생긴다고 믿기 때문이다.

그리고 무엇이든 취미 하나는 특별해야 그 인생이 외롭지 않다고 생각한다. 악기 하나를 잘 다룰 줄 알면 결국은 혼자서도 자기의 인생을 아름다이 살 수 있으며, 그 모습이 가족과 함께라면 더욱 좋은 하모니의 삶을 영위해 갈 수 있다고 생각을 한다.

그러나 나의 세 자식들은 나의 심성과는 좀 다르게 태어났다. 아무리 악기 하나를 가르치려 해도 따라주지 않아서, 이제는 포기하고 내가 악기 하나를 배우고 있다. 늙어서 주책이라 할지 모르지만 나이 70이 되어서도 악기를 부는 할머니…, 시간을 바쁘게 살다 보니, 꾸준히 보다는 뜸뜸히 배우고 있지만 말이다.

그리고 곁에 끼고 살아도 구만리 같은 것이 자식 속이라고, 내 아이들의 심정과 동태를 알고 싶으면, 핸드폰 속 페이스북을 들여다본다. 올려놓은 댓글 속에 그애들의 요즈음이 다 나타나 있으니 또 편리하고 좋은 세상 아닌가.

자식은 나면서부터 부모 가슴에 돌덩이 하나 얹어 놓고 평생 안 가져가는 게 자식이라 한다. 부모에게 은혜를 갚으러 나온 자식과 빚진 것을 받으러 나온 자식, 두 분류로 크게 구분된다고 했다. 내 자식들에게 슬며시 웃음이 나온다.

그리고 나는 스마트폰이 젤 먼저 나왔을 때부터 자식들과 공유하면서 살고 있어서 그런지 참 좋은 것 같다. 나이 든 어른들에게도 권하고 싶은 문명의 이기라고 생각한다.

오늘은 엄마가 계시는 광주에 내려간다. 나도 하룻밤 엄마 곁에서 푸근해지고 싶다. 부모이면서 자식인 나.

자식

중국 이우市에 살던 자식이 다쳐서 왔다

수술을 하고 상처를 꿰맸다

날마다 우는 나는 기댈 곳이 없다

해가 떠오르는 공중의 틈새 사이로

촛점을 모으고 새들이 날아간다

아픈 날짜 위에 획을 긋고 있는 모습이다

빌딩 숲 사이로 날아간 새들이

다시 돌아오지 않는 저녁은

자식의 아픔이 더 큰 대못으로 박혀

내 심장이 더 커지고 있는 병실의 모습이다

생각을 비우고

공중의 흰빛과 어두운 빛을 구분하면

하늘이 끄덕끄덕

나를 위로하고 있다

울밑에 선 봉선화야

꽃잎 터뜨려 내 굳은 살갗에

무늬로 남았지

기억하고 싶은 날짜들 세어가며

붉은 등불 밝히던 *빈자의 일등처럼

이승과 후생에 길 이으며

꽃이 피는 것을 기다리던 여름날이었지

서툴게 산 여자의 쓸쓸한 한 켠에

뜨락에서 따라온 끈끈한 흔적

내 손톱에 물든 붉은 꽃물이

피 같고 살 같아서

겹겹처럼 살 수 없는

세상의 길 같아서

밤새 꽁꽁 묶어 더운 수혈을 했지

*부처님 당시 난타라는 가난한 여인이 거리를 다니며 동냥을 하고 그래도 부족하자, 머리채를 잘라 기름을 산 뒤 등불 하나 만들어 부처님 계신 기원정사 한쪽 구석에 등불을 밝히고 간절한 서원을 올렸다. "부처님! 저는 가난하여 작은 등불 하나만을 부처님께 공양 올리나이다. 저에게도 지혜 광명을 내려주시고, 일체중생의 어두운 그림자를 사라지게 하여지이다." … 밤이 지나고 이른 새벽이 되어도 유독 가난한 여인인 난타가 밝힌 등불은 꺼지지 않았다.

현무암할아버지

내 아들 사는 제주도에 가면
살갗 숭숭한 현무암할아버지 많이 살고 계신다
여기 저기 수호신이 되어
온몸에 인연을 기다리고 계신다
내 아버지 생전에 제주도 가서서
기념으로 모셔온 돌하루방이
친정집 뜨락에 아버지처럼 서 계신다
여름 땡볕이 뜨거울 것 같아서
얼음 같은 샘물을 맘껏 적셔 드린다

제2부

불시착

화본역에서

기다림도 사랑도 목이 마르면
군위 화본역에 가 보아라
옛날 증기 덜어내는 급수탑이 보이고
철길 산책로에는 철 따라 온갖 꽃들이
겹겹의 수화를 건넬 것이다
폐쇄된 사랑이 봇물처럼 터질 때는
그 사유를 허공에 물어 보아라

어디론가 떠나고 싶을 때는
마음이 먼저 발자국 소리를 내고
몸도 따라 스스로의 역마를 부추기다
지금은 전기기차 소리 들리는 작은 정거장
철길의 모퉁이를 돌면
이별의 하얀 옷자락 나부끼고
짐 실은 아득한 고요
그러나 후회 없는 작은 정거장

군위 화본마을

조그만 간이역이 있는 마을에 가니
철길 따라 피어 있는 꽃들의 수사며
서로 몸 부비다 모습이 된 풍경이며
거친 돌맹이들의 잿빛 울음이며
기다리다 멈춘 대합실 오래된 뭉툭한 의자며
막을 길 없는 기다림이며
아직 피우지 못한 철 늦은 꽃들의 분주함이며
오고가는 눈길로 어깨 위에 내려앉은
삶의 첩첩한 이야기들이 가득하였다
철로 위에 오고가던 이별들이
혼란으로 정지되어 있었지만

아홉 줄의 시월

바람이 내 곁에 정지하여
무릎의 시린 뼈들 일으켜 세운다
밤잠 설친 나무들의 심성과
걱정의 무게를 놓고 가는 바람
추운 근심이 존재해야 하는 이유를
가르쳐 준다
멀리서 나를 걱정하는 당신
길 위에 구르는 낙엽이며
잔가지 부딪치는 소리다

사곶해안

49

백령도에 가면
밟아도 패이지 않는 모랫길이
물빛으로 누워 있다
상처에 민감한 사람들이
맨 먼저 도착했을 바닷가
구불한 길 다 떠나보내고
한 길로 면벽인 것은
生이 지독히 아팠던 모양이다
고적한 팔 다리에 물풀을 감으며
치덕치덕 물소리를 내는 것도
몸으로 지나가는 작은 길들을 지우기 위함이다
멀리 있어서 더 그리운 바닷가
서로를 쓸어주는 힘만으로 면적을 넓힌 모습들
내가 없는 동안 무슨 일이 일어났는지는
제비갈매기의 울음으로 알 것 같다

다시 사곶해안

당신, 이 나이에 고독해지니
백령도 사곶해안이 생각납니다
세상을 바로 보는 뉘우침과 겹겹의 생각들이
사곶해안에 다 모여 있었습니다
날갯짓해대던 물새들이 외로움의 목울대로 울고
견고하고 부드러운 모래사장은
그 언젠가 당신의 가슴이었습니다

내가 모래사장을 걸었을 때
그 황망함이 저승길 같아서
몸사래쳐지기도 했습니다
첫 공양 올리는 새벽기운이 여래였던 것처럼
처음 가 본 그곳에서 나는 나한이 되었습니다
당신,
멀리서 신호를 보내는 모습이
내가 짊어지고 갈 生인 것 같습니다

불시착

– 종이배 타고

살다가 힘들 때 종이배를 타고

공중에 오르면

그리움은 아득한 실체가 되고

죽은 새들의 집이 허물어진다

아직 도착하지 않은 편지를 기다릴 때

마음 절벽에 풀포기가 돋듯

쓸쓸하고 황량하게 노를 저어가면

지상의 소리들이 따라온다

바람의 숨소리는

내가 나를 알아보는 것보다

그대가 나를 알아보는 수런거림이 되어

닻을 내린다

그 여름, 동해로 갔어

언제나 격렬할 것 같은 동해는
해당화 꽃 진 자리에 다시 산수국 피고 있었어
풍랑의 힘만으로 윤곽이 된 모습들이
내 속의 나를 금방 알아 보았어
하늘의 면적이 가져다 준 뭉게구름이랑
땅 위에 해안선을 만드는 바다는
숨결이듯 내보이는 지상의 아름다운 풍경이었어
천 년 살아온 낙산사 절집엔
소리 내지 못한 사연들이
동해라는 이름으로 살고 있었어
내가 금강경을 읽을 때처럼
내 속의 언어들 감탄사로 쏟아져 나오고
동해의 낮과 밤이 더 환해지고 있었어
시원하고 상쾌한 여름바다의 수면들
눈부신 언어로 말을 걸고 있었어

秋雨

나무들은 황량히 몸 움츠리고
나는 불면의 잠을 만지작거린다
하늘이 식어 물방울로 내리기까지
세상은 온몸이 전율이었다
그 소리 듣다가 잠드는 새벽은
내 영혼이 빗방울 속에 틈입하는 시간이다
하늘의 속내를 들여다보고 싶은
이 암팡진 생각을
내 속의 방랑이라고 쓴다
마당귀의 낙엽들도 서로 몸 부비며
다시 올 시간을 다독이고 있다
가을에 내리는 비는
낙타가 씹는 가시나무 핏물이다

스리랑카 알루비아사원에서

너를 위해 쓰는 나의 시에
히말라야 연꽃이 피었다
낡은 책 속에 써있는 내용대로라면
작은 짐승이 교미할 때 풍기는
배꼽에서 나는 그 냄새가
너의 몸을 훑고 나에게로 온다
언젠가 히말라야 가까이 가서
오르지 못한 자책이 있었을 때
높은 호수에서 연꽃을 보았는데
그 꽃이 내 속에서 습습한 향기를 피운다
이제는 나의 詩도 발그레이 익었고
내 속에 핀 너를 안고
히말라야 그 못가를 오르면 될 일이다

능소화

말하지 마! 가슴 젖는 이유가
사랑이라는 것을 아는 날
우리는 늘 문 밖에 서 있었거든
삶이란 결국 오래된 인연의 틈새에서
눈물이 응집을 하듯
생의 한순간을 뿌리치는
기쁨 아니면 슬픔이거든
남은 것 없이 다 태워 버린 사랑도
결국은 담장 밖에서 생긴 일이었거든
죽음보다 기억이 더 어두워지던 시간
넝쿨은 또 줄차게 꽃잎을 피우고
한 철을 지워지게 만들었거든
주홍빛 종족들 수런거리는 날

함초바다

인천공항 가다 보면
지척으로 보이는
옹기종기 붉은 둘레의 바다
순간들이 얼마나 깊었는지
이별과 사랑이 오가는 길목 풍경이 되어
저리 붉은 진을 치고 있는가!
해 넘어가면
바다도 나도 목이 멜 것 같아
호흡 사이에 함초 한 포기 키우고
돌아서는 바다

순천만

갈대들이 고요하거나 빽빽하게
깊은 숨을 쉬고 있다
밤 늦도록 어둠에 젖었을
눈 시린 풀잎들 생각하면
몸보다 영혼이 시려 와
갈대숲 사이에 촉감이 만져진다
쓰러져 아파 본 적 있는 목숨이
더 세차게 살듯이
몸으로 무늬를 만드는 것은
핏속에 나이테가 있을 것 같다
저만치 둥근 무늬의 갈대들
내가 배우고 싶은 몸짓이다

동막리에서

서해 바다로 쏠리는 낙엽의 붉은 몸짓이며
오랜 전란의 슬픈 이야기며
너와 나 애달피 기다리는 사랑이며
오늘은 내가
광성보 성곽에 앉았다가
전등사 범종소리로 퍼지다가
이름 없는 전사의 묘비석으로 서 있다

슬픔도 함부로 내보이지 않으면
타닥타닥 가슴의 등불로 타오르듯이
서러운 세월의 끝이
이리 풍경이 되는 한낮
계절이 깊어서가 아니라
내 사랑이 사무쳐서가 아니라
명치 끝 저리는 고행을
나도 잠시 실천해 본 것이다

벌레가 산다

마니산 자락에는 이름 모를 벌레들이
저마다 둥지를 틀고 산다
버섯에 둥지를 튼 버섯벌레도
튼실한 핏줄을 모아서 자기 몸을 감싸고 있다
때죽나무에 붙어 있는 주홍날개꽃매미는
짧은 생 살기 위하여
푸른 진액을 온몸에 묻히고 운다
가래나무에 둥지를 튼 청벌레는
무수한 돌기에 산의 시린 수액을 묻혀
곡절 많은 사연으로 산다
어떻게 견뎌 왔는지 모를 평화가
이른 아침 움직임으로 내 눈에 든다
그것이 가슴 뭉클한 슬픔이라 할지라도
기억은 바깥으로만 움직이고
힘차게 보이는 生의 의지들 모여
나의 하루와 함께 지낸다
나도 산의 시린 족속이 된다

창살연꽃무늬

정수사 창살연꽃무늬는
천 년 절 입구를 들어설 때부터
보물처럼 소중하다
오랫동안 피운 향촛대의 기운인지
앞마당에 염주괴불주머니 저절로 꽃을 피웠다
법당에 들지 않아도 고요가 내려앉아
엉켜 있는 세상을 풀어간다
내 사랑 얽매인 바람소리도 삐걱거리며
부처와 같은 방향으로 길을 낸다
슬픔이 그 연꽃 문양을 알아본 것은
죽은 나무가 꽃무늬로 환생해
띠살문 사이에 꽃을 피웠기 때문이다
연화문 틈새로
좌정하는 소리, 바람 부는 소리 고여서
저 혼자 세상에 길을 내는
창살연꽃무늬

해인사 법고소리

가야산 미물들이 발자국 소리를 내며
내 곁에 자리를 튼다
버려야 할 것이 많은 세상
나도 함께 경문을 외며 마음에서 번뇌를 지운다
법고소리 한없이 커지고
세상에 내려진 절박한 신호음처럼
소리의 설법은 마음의 빗장을 열고
또 다른 나를 찾아서
온 천지를 열어놓는다
넉넉히 풀어지는 내 생의 과오들
원시의 소용돌이 같다

화엄사를 엿보다

오랜 세월 풍경으로 남아 있는 모습이
내가 당신을 처음 만났던 날처럼
절집의 깊이와 자태가
가슴 속에 아련히 진을 칩니다
신라의 오래된 호흡이 석탑에 묻어 있어
내가 각황전에 엎드리니
지리산 기운들이 함께 가부좌를 틉니다
오래된 처마 밑 기운이
나의 일상과 함께 무수한 풍경소리를 냅니다
내 몸이 슬프거나 아플 때
오래된 어머니가 생각나듯이
쓸쓸함이 화엄사 단청에 스며
뜻 있고 길 있는 나를 알아봅니다
오늘은 길일인가 봅니다

가을나무

길가의 나무는 푸른 빛의 생각만으로
큰 호흡 한 번 하고 적멸에 든다
기억을 지우는 모습이 저토록 화려해서
땅 위에 굴러도 꿈 냄새가 난다
낙엽은 화려한 무덤이며
우리들의 탄식을 밝혀 줄 이유가 된다
어깨 너머의 저녁이
고적하고 외로울 시간
바스락거리는 소리를 낸다

이희정

낙타의 뼈를 쪼아 만든 목걸이를 착용하며
가슴에 낙타의 무덤을 만들어준 그녀는
가난이 슬픈 한 남자를 만나
애지중지 자식 셋을 얻었다
제주도에 사는 아들 곁에
착한 며느리를 둔 그녀는
힘든 세상 혼란에 빠질 때마다
못 본 척 모르는 척 하늘을 우러른다

기억 슬픈 엄마를 고향에 둔 그녀는
가슴 미어지는 큰딸이 되고
동생들에게 내리사랑은
마음으로 밖에 할 수가 없어
수십 번 속울음을 운다
배우 지망생 막내딸에게는
가진 것 없어 슬픔의 탈이 나기도 하지만

生의 인연 깊어서
치매 어르신들 부대끼는 날들은

울다가 웃다가 하루해가 넘어가고
오래된 실수가 참회로운 그 여자는
오늘도 명상의 몸짓으로
달빛을 받고 있다

사는 것 하늘의 뜻이라서
기억 속 아버지 생각나면
한밤에도 자주 깨어 시린 詩를 쓴다

수정이의 시

나는 다음 생에 킬링 트랙의 가수이고 싶다

잠든 영혼을 조금씩 부서 깨워줄 수 있는

진한 노래를 진한 목소리로 부르고 싶다

머릿 속에 소나기를 퍼부어주는

텔레파시 같은 노래를 들려주는…

나는 다음 생에 별을 보는 천문학자이고 싶다

지구 밖으로 한 발자국 나가지 않고도

별들의 나이와 우주의 크기를 숫자로 계산하고 싶다

허블망원경, 빅뱅, 74.3 ± 2.1km/Mpc 그리고

세티의 답신을 기다리는…

또 아주 먼 다음 생에는 빛의 거리에 있는

별로 태어나고 싶다

태양을 돌며 사계와 바다를 품고

찬란한 밤하늘을 보여주며 다시 별을 꿈꾸게 하는

창백한 푸른 별이고 싶다

그리고 또 다시 힘찬 행진

제3부

만남을 표현하다

보름달편지

생각만한 어둠이 창가에 걸리면
멀리서 그 번지의 빛이 나를 휩쓴다
어릴 적 토끼가 산다고 믿었을 때부터
어둠은 이미 어둠이 아니었지만
공중에 편지를 띄우면
그저 눈부신 답신이 온다
인류가 고독했다는 몇 억 광년의 빛이
내게는 위로의 말이 되고
달이 키운 토끼는 꿈 얘길 찧고 있다
천년만년 살고 지는 말이 쏟아져 나온다
하늘이 밤새 흐벅지다

내 마음의 빈터

하늘에 걸려 오래 빛이고 싶은
달포쯤 되는 골목과
그 그림자에 걸려 움직이지 못하는 호도나무와
가지 위에 퍼득이는 새 한 마리 산다
피돌기가 멈추지 않는 지난 밤 꿈처럼
어느 손길로도 안을 수 없는 몸이 되어
생각을 채우고 있다
유정형이던 내가 더 또렷한 부피를 갖는다
불면의 흔적들 희미해지고
서로의 숨결에는 따뜻한 화색이 돈다

사랑의 찬송가

그 뜻 풀기 위하여
미옥이를 따라 교회에 갔다
사람들 얼굴에 웃음꽃이 가득하다
목사님 설교 듣다가
감기 기침이 나와서 쿨럭쿨럭했더니
생면부지의 여인네가 사탕을 내밀었다
무안해 하고 있는 내게
목사님은 더 큰 목소리로
사랑의 찬송가를 불러주신다
걷잡을 수 없이 나오는 기침을
시원스레 쏟아버렸다

매발톱꽃 생각

죽음이 다행인 것은
차라리 꽃으로 피어날 수 있기 때문이다
허공의 힘찬 날갯짓이
산야에 핀 연약한 후생임을 나는 알아보았고
운명은 불현듯 태어나는 비밀이라고 생각했다
벼랑에 현기증도 없이 흔들리는 꽃무리를 보고
해 지고 해 뜰 때 서걱거리던 인연이 떠오른다
새들은 또 그렇게 하늘을 가로질러 가고
보랏빛 생애가 다시 흔들리고 있다
근심이라는 꽃말을 달고

나의 詩

그지없는 세상 속
아프지 않는 것 어디 있으랴
어떤 미련에 길들여져 쓸쓸해져 가는 길
휘영청 달이 뜨면
온 우주가 내 것이듯이
시의 몸으로 사는 것 또한
행복한 일이다
뜨거워진 눈시울 가눌 길 없을 때
그저 세상에 나를 맡기면
만 리 밖에서 우는 그대 울음소리도 들린다
아름답고 고마운 나의 시
다음 生에도 너를 예감하며

만남을 표현하다

부딪힘이라는 말은
인연 속으로 내가 들어가는 것이다
그것은 충분한 소통이 되고
어느날 말이 되어 나온다
사랑이라는 말로 표현하면 사랑이 되고
만남이라는 말로 표현하면 만남이 되고
그 뜻대로 살다 보면
우주도 송두리째 내 속에 들어온다
꽃과 나비의 부딪힘도 눈이 맞아서
서로에게 드는 것이다
그 말이 참으로 눈물 같은

광명보육원 일기

장흥면 삼상리 마을에는
아이들이 살고 있습니다
미래의 시인들이 자라고 있고
사람들이 찾아와 손에 손잡고 걸을 때마다
숲에 사는 요정도 머리 나풀대며
아이들과 함께 놀다 가곤 합니다
우리가 정말 잊어서는 안 되는 것들이
늠름한 햇살을 받고 있습니다
우리의 어머니가 다녀가신 그곳에는
앉은뱅이밀밭도 있고
오래된 오디나무에는
아득한 숨결이 근심으로 묻어 있습니다
수줍음 잘 타던 승우는 커서
지금쯤 어디에 살고 있을까요?
멋쟁이 현아는 어디에 있을까요?
힘껏 자란 애들을 다시 만나려면
계절이 한 번 더 바뀌어야 할 것 같습니다

부여, 삼신보육원

경은이, 다빈이가 사는 그곳에는
타인의 사랑이 따뜻하게 흐르며
세모 네모 동그라미 모양을 하고
소리를 내고 있었다
쓰다듬고 다독거린 아이들의 모습이
꽃처럼 예쁘게 자라고 있었다
작고 튼실한 기쁨이 희망이라면
가난해도 울지 않고 슬퍼도 울지 않고
손길로 눈길로
작은 심장을 키우고 있었다

창문 옆 늙은 아카시아나무

키가 크고 살갗이 늙은 아카시아나무 한 그루
창문 옆에 서서 흔들리곤 했다
달뜨면 몸 적신 채로
하늘과 소통을 하기도 했다
내가 말을 걸면 곧 겨울이 올 것이라고
손사래치기도 했다
움직이는 소리 볼 수 있는 심성이면
눈물과 슬픔도 별 것이 아니라고
나를 위로해 주기도 했다
어느 날 그 자리에 재건축이 들어서고
아카시아나무는 사라졌다
나도 그 집을 떠나오게 되었다
영원할 수 없는 서로의 이유

달팽이 수행법

습지의 어느 곳이든
느린 걸음으로 기어가면서
몸으로 계절을 바꾼다
단단한 껍질에 싸여
벗어날 수 없는 몸으로 영혼을 키우며
시선을 사로잡고 있다
숭배하는 것 없어도
자기 몸 끈끈한 체액으로 길을 만들며
바깥을 향한 느린 노동을 보인다
사는 것 한참을 독특하다

새벽기도

우리 동네 고샅길 걸어가다 보면
새벽 네 시의 하늘이 표정을 짓고 있다
나무며 지붕이며 사물들은 보이지 않고
넉넉한 기운이 나를 따라온다
큰스님 앉아계시던 참선방에 좌정하고 있으면
오랜 영혼들 초승달 눈빛을 하고
내 화두 속에 든다
나만의 생각으로 열리지 않고
너만의 생각으로 닫히지 않는 유한의 세상
전생과 후생의 기약은
온몸으로 표현하는 몸짓이다

참선의 비유

나무 위 새소리 처마 밑 풍경소리
오동나무 잎새 부스럭거리는 소리
가슴에 꽂혔다가 곱고 강하게 잔잔해진다
이름을 부르면 앞문으로 들어올 생각들도
문틈으로 들어와 붉고 푸르게 번진다
아무도 모르리
내 안에 숨결이 되는 무수한 생명들의
황홀한 몸짓을

비 오는 날의 풍경

오랜만에 서 보는 강둑에서
먼 길 흘러온 물소리 들린다
올벚나무 숨소리도 강물을 따라
몸 씻어내는 소리 부지런하다
기다림에 기댄 흔적들이
바라보기만 해도 줄기찬 모습이다
강물 위에 떨어지는 빗줄기
내 몸에 떨어지는 물방울
멀리 풍경이 수묵 빛깔로 흐려져
어느 화가의 화폭이다
동공에 꽂히다 사라지는 빗소리가
근처 숲 아카시아 향기를 숨긴다
너와 나의 사랑이 저물어
표정이 된 풍경처럼

여섯 줄의 봄

천지의 반쪽이 꽃이어도
격렬비도의 그곳은 눈물
향기보다 짙은 약속
내 마음에 겹쳐 흐르는 기억
서로의 상처로 태어나는 몸
비로소 따뜻한 목숨

석불을 만나러

　구인사에서 주워온 후박나무 커다란 이파리가 내 책갈피에서 눈 부비고 있다. 노오랗고 커다란 그 모습이 요즈음 스치는 하늘의 달빛과도 닮아있다.

　여행은 늘, 흘러간 시간으로 남지만 이번 석불회 답사는 내게 있어서 참으로 귀하고 복된 시간이었다. 우리가 첫 번째 도착한 구인사는 소백산 자락에 커다랗게 자리한 사찰인데, 소백산의 풍경이 되어 수많은 신도들을 부르는 스님의 법어와 함께 내 마음을 사로잡았다. 내가 늘 보고 듣고 느끼던 사찰의 이미지보다는 부산하고 쩌렁쩌렁했다고나 할까! 아마 소백산 산신령님이 많이 외로우셔서 저리 장대한 사찰을 품에 안고 사람들을 부르는가 싶다.

　마음으로 듣고, 몸으로 느끼던 그 하루 속에 나와 함께한 무한한 애정을 느끼며, 단양에서도 꽤 유명하다는 마늘요리집도 찾아갔다. 소음인에게는 마늘이 잘 맞다는 꽤 유명한

한의사의 말을 실천할 수 있었기 때문에, 나는 오늘 하루가 괜히 건강해지는 기분이었다.

사람은 먹을 때가 젤 행복하다는 그 말을 실감하며 우리들은 점심을 맛있게 먹었다. 여인들 틈에 끼어 처음부터 끝까지 진담 같은 농담을 하고 있던 어느 선생님께서도, 나의 하루를 즐겁게 했던 소중한 일행이었고, 한사코 한 잔을 권하던 빨간 파카의 영자씨도 좋았고, 사진을 잘 찍어주던 죽전 젊은댁도 친절했으니, 올 가을은 많이 풍요로웠다고 쓰자.

다시 우리들은 도담삼봉에 도착했다. 몇 번 가본 적이 있지만, 늘 인위적이었던 이곳의 풍경들 앞에서 젊은이들이 연주하며 노래하며 놀고 있었다.

이렇게 해서 단양답사는 끝없이 펼쳐진 물길들과 함께 발길 닿는 대로 빛깔과 모습이 달라지고 있었다.

이런 저런 생각으로 발길 옮기고 있으니, 저쪽 월악산에서 미륵사지석불이 부르고 있다.

하늘나라 마고할미가 비녀를 잃으셨고 또 살았다는 석문을 지나 미륵을 뵈러 가니, 아~ 멀리서도 후덕하고 아름다운 자태에 손을 모으고 소원들을 소망하고 나니, 또 하루가 뉘엿뉘엿 서산마루에 넘어간다.

빗방울도 만났다가 노을도 만났다가, 이 풍진 세상은 늘 이렇게 나를 부르고 있다.

전국을 찾아다니는 우리 석불회가 또 좋은 것은 종교에 관계없이 모인 회원들이 따뜻한 마음과 손길로 한 마음 되어

삼천리 방방곡곡에 우리들의 발자국을 남기는 것이다.

취미가 같은 부부가 함께 동참한 가정에 더 큰 축복 있길
바라며, 첩첩한 내 마음에, 또 한 편의 기행을 간직해 본다.

운주사 석불

걸어가다 힘들면 한 번 쉬어서 가자
눈 코 귀 지워진 얼굴에
희미한 낮달이 무심하구나
몸의 말이 미완인 채 길이 되고 있구나
우리 몸 애타게 갈망하던 그 자리
화순군 이양면 운주사 어귀에서
마음을 버려도 부처를 만나지 못하고
고을이 된 석불들만 바라보고 있다
서러운 우리들의 삶,
우주에서 내려다보면
저 모습일까?

수월관음을 기다리며

물에 비친 달처럼
내 마음에 슬픔 고일 때
수월관음 촘촘히 오셨는가
내가 울 때마다
생명들 자꾸 몸 뒤척이는데
극락새의 영혼을 달고 수월관음 오셨는가
삶의 신열로 내가 아프면
천리길 어머니처럼 달려오시던 님
슬픔의 만다라가 우주 법계의 풍경이라면
해걸이하는 우리집 무화과나무처럼
허전하게 오시지 말고 짐짓 고르게 오시기를
이 세상 다할 때까지
내 마음에 처벅처벅 오실 님
수월관음 나투실 때 나는 선재동자가 되고
적막한 물가에서 한 잎 연꽃으로 신을 삼으실 때
목마름의 찻잔 푸르게 올렸으니
고려 佛畵 속 세상처럼
이 땅에 길게 오시기를

우도, 비자나무숲

바다 건너 모여 있는 비자나무숲
세상의 좋은 향기 모여 푸른 숲이 된 풍경
고백할 것 많은데 감추어진 모습처럼
내 이름 석자 비자나무숲에 띄우니
나도 비자나무 식솔이 된다
세상 살다가 기억만을 남기고 떠나듯이
나무들의 몸이
더운 심장의 나를 알아본다
다시 돌아 나가야 하는 비자나무 사잇길
잠시, 내 속 근심 사라지고

새들의 말

어느날 서해에서

속으로 말하는 새들의 소리를 들었다

먹이를 구하기 위해

바다로 내려가 날개를 퍼득였지만

닳아버린 부리 앞에

바다는 송두리째 흔들릴 뿐

말이 없었다고 한다

표정과 몸짓 바꾸며 세월이 흘러갔어도

자기 앞에 찍힌 발자국은 알아보지 못했다는

새들의 말이다

방생

산다는 것은 잽싸게 움직이는 일이다
그러나 사람들은 준비도 없이
나를 사라지게 했다
가끔씩 바다의 해신들이 투망 사이로
손길을 내밀어 살려주기도 했다
우리들의 운명은 사람들의 삶을
부유하게 만들기도 했다
바삐 흘러가는 방생의 하루
물고기의 말이 물 위에 뜨고
사람들의 소원이 이루어질 것 같은 날

물음표와 느낌표로 온 나비

해옥이는 죽어서 나비가 된다고 했다
아들 둘 낳고 스스로 죽은 해옥이는
가족들 그리워 나비문양으로라도
세상에 다시 왔을까?
이 세상 모든 것 위태했어도
함께 고요하고 함께 시끄러웠을 자책들
나는 왜 몰랐을까?
절망이 안전하다는 뜻을 포함하고 있는 것도
쉽게 가는 끝이 보이기 때문일까?
유턴을 하고 쉬어 보는 찻길처럼
나비가 되고 싶다던 해옥이는
무명 이불 홑청 무늬로도 왔고!
95사이즈 속옷 빛깔로도 왔다!
길거리 지나다가 손수건을 샀더니
청색 나비의 몸으로도 와 있다
세상에 한이 얼마나 많았으면
붉고 푸른 나비문양으로라도 살고 있을까?
친구의 詩 속까지 들어와 살고 있을까!

제4부

노인병동에서

수사해당화가 피려고

— 노인병동에서

꽃아그배가 핀 세상에서
슬픈 무게로 누워있는 사람들은
몸이 무덤이요 몸짓이 들판이다
내가 꿈꿔 온 것은
꽃아그배가 피고 지는 세상이지만
함께 자란 줄기 사이에
불그스레한 등불을 내걸고
꽃잎이 바깥을 밝힐 때
노인병동에는 풀여치도 다녀가고
바람도 다녀간다
내 가슴에 사무치는 수좌 하나 사는 것처럼
장례식 날은 꽃의 숨결도 천 리를 간다
태초에 포유류였던 것의 수사를 짐작하며
나는 눈물의 집을 짓는다
꽃아그배가 수사해당화라는
두 개의 이름으로 평생을 살았던 것처럼
"잘 가세요 당신"
공중에는 격렬비도의 축축한 몸이 만져지고
몸 안에는 길이 생긴다

저만치 침상에는 다시 무심한 표정들 읽혀지고
세상은 그저 아무일 없었다는 듯 고요해지며
꽂아그배는 수사해당화 향기 다시 피워
하늘로 보낸다

81세 엄마에 관한

우리 엄마는 5남매를 슬하에 두고, 15년 전 남편을 사별한 81세 되신 할머니시다. 그런데 일 년 전부터 자주 깜빡거리며 매사를 잊어버리시는 것 같아 큰 병원에 가서 진단을 받으시니, 치매 전 단계에 접어들었다고 한다. 청천벽력 같은 이 진단이 내 마음 속에 슬프고 강한 혼란으로 다가와 요즈음 나를 힘들게 한다.

우리 엄마는 거의 전 생애를, 국보 사찰 불교 회장직 40년을 맡으신 대보살님이셨다. 그런데 이제 연세도 있으시고, 엄마 스스로가 모든 면에서 부담을 느끼신 것 같아 이제 편안히 쉬시라고 자식들 의견을 함께 모았다. 그런데 그 엄마가 왜 이렇게 되셨는지를 생각해 본다.

망각이란, 치매란 큰 충격을 받거나 스트레스로 인한 것이 제일 큰 이유라 한다.

우리 엄마를 가만히 생각해 보니 금슬 좋게 사셨던 아버지가 69세 때 심장마비로 갑자기 세상을 떠나신 것이 가장 큰 충격이셨을 것이고, 그 후 엄마의 기억은 희미해져 갔고, 자꾸 잊어버리시기 때문에 자꾸 반복을 해서 엄마의 머릿속에 생각들을 주입시켜 보지만, 망각의 병은 대책없이 사람을 무너뜨리는 것 같다.

내 직업이, 함께 부대끼는 게 치매 어르신들이다 보니 우리 엄마의 상태가 더 간절하게 내게 다가온다.

그런 우리 엄마가, 자식 중에 젤 가난하고 불효였던 나를 보고 이제는 효녀딸이라고 하루에도 몇 번씩, 늘 오랜만인 것처럼 말씀하신다.

우리 엄마는, 평생을 자식들 집에 맛있는 음식들을 택배로 배달해 주셨고, 32년 동안 김장 김치를 담아 보내준 엄마셨다. 올해도 푸짐하고 맛있는 김치가 또 배달되어 왔다. 내가 고향에 내려가면, 서울 갈 때 쓰라고 손에 쥐어주신 돈은 어쩌면, 내가 엄마께 드려야 하는 용돈의 입장이 바뀌어서 그런지 더 마음이 아프다.

지금 엄마께서는, 함께 사는 며느리 말이라면, 세 살박이 아이가 엄마 따르는 것처럼 의지하고, 외출할 때도 어린 아이처럼 며느리 먼저 대문을 나서는 엄마가 되셨다고 한다. 그저 평생을 엄마 모시고 사는 동생댁에게 고마울 뿐이다.

얼마 전 아버지의 기일 날이었다. 그래서 우리 오남매는 각자 엄마 곁에서 하룻밤을 자면서 이런 저런 얘기들을 하다가 다음날 각자 사는 서울로 길을 나서는데, 엄마가 눈물을 흘리시며, 며느리 나쁘다고 하는 것이었다. 그래서 엄마를 수없이 다독이며 달래고 돌아오는 길, 발길이 편치가 않아, 돌아오면서 엄마의 걱정과 당부를 고속도로 길 위에 수없이 세워두고 왔다.

그래서 나는 생각한다. 부모와의 친밀성 척도의 기준이 과연 무엇인가를 생각해 본다. 그것은 우리의 생각보다는 부모의 가슴으로 바라보는 세상이라고 생각한다. 그래서 엄마가 젤 좋아하는 나, 큰딸이 다른 형제들처럼 부유하지 못하는 데서 오는 걱정이 엄마의 가슴 속에 연민으로 들어앉아 다른 자식보다 나를 더 챙기는 이유가 되는 것 같다. 그래서 나는 마음이 더 아프고 있는 것 같다.

효는, 부모가 생각하는 친밀성 속에 자식이 앉아 있어야 되는 게 아닌가 싶다. 그래서 나의 소원들이 하늘에 닿아 물질적인 상황이 이루어진다면 엄마를 살면서 치매유치원도 보내드리고, 엄마가 좋아하는 노래도 함께 부르면서 살아보는 것이다.

그래서 내 바람은, 가엾은 어르신들을 몇 분 모시고 공동 생활 가정이라는 예쁘고 편한 요양원을 운영하면서, 외로운 엄마를 모셔다가 어르신들의 반장 직책을 드리며, 나와 함께 외롭지 않은 여생을 보내드리는 것이다. 그래서 내가 직업 요양원을 운영하고 싶은 것이다. 이 세상을 짧게 사신 아버지의 몫까지 하늘이 부여해 주신다면 얼마나 좋을까! 하는 생각이 든다.

사람은 나이가 들어가면서 모습부터 초라해지고 그 상황
들을 어떻게 좀 지혜롭게 넘기는 방법이 없을까를 생각해
보지만 뚜렷한 답은 없고, 그저 순리대로 살면서 너무 초라
하지 않게만 살면 될 것 같다. 하늘의 섭리를 져버릴 수 없으
니, 부부가 함께 얼굴 맞대고 등 긁어주며 살다가 그 어느 하
룻날에 함께 가면 좋겠다는 생각도 해 본다.

웬 새가 우노?

얌전한 치매를 앓으시는 할머니 한 분이
같은 방 할머니의 목청 높이는 소리가 커서
할머니 시끄러우시죠? 했더니
웬 새가 우노? 하신다
맞다, 맞다 시끄럽게 치매를 앓으시는 할머니는
날마다 우는 새가 되신 것이다
저 하염없는 곳으로 발자국 남기며
목청 높이는 새가 되신 것이다
날마다 지저귀며 저토록 저무는 모습은
분명 서산의 새인 것이다
울음 속에 혼을 담고
세상에 목이 메이는 할머니는
세월 더디 흘러가라고
목청 쉬지 않고 새가 되신 것이다

상명이 할머니

할머니 팔뚝에 상처가 났다
보릿잎처럼 긴 모습이다
그것을 직시하는 내 눈은
가을밤을 울고 있는 벌레소리에 꽂힌다
파리한 달빛이 창문으로 들어온다
내 안의 상처도 덧이 나고 있는데
할머니 팔뚝에 난 상처는
혹독한 현실을 말하고 있다
기억 속에 살고 있는 우리들의 그 너머
일 년하고 두 달의 날짜가 또 지나간다
슬픔의 상처가 있는 그곳이
캄캄한 밤이었거나
환한 대낮이었거나
내게는 또 지워지는 시간이 되고 있다

어떤 이별

김부겸 할머니 돌아가실 무렵
며칠 내내 창 밖에서 작은 새가 울었다
북쪽에서 울다가 서쪽 창문에서 울다가
우리는 먼저 가신 할아버지의 혼이
새가 되어 어서 가세, 어서 가세 하며
우는 것 같다고 했다
삼칠 일 되는 날 할머니는
흰 천 덮어쓰고 우리들 곁을 영영 떠나셨다
엘리베이터 안에 몸을 세우고
영구차에 실려서 가고 또 가셨다

106세 할머니

작은 체구의 또렷한 할머니가
열이 오르고 오한이 들고 많이 아픈 날 있었다
"아이구 어머니, 살려 주세요" 하며 뜨끈한 물을 찾았다
할머니는 평소에 낯선 얼굴만 보면
밥 축내려고 왔냐고 욕을 하신다
나도 첫 며칠은 욕을 많이 얻어먹었다
그런데 지금은 나를 무척 좋아하신다
그래요 할머니,
어머니라는 존재는
정말 오래된 할머니 가슴 속에도
이렇게 살고 계시는군요

경희이모

외동딸 우리 엄마는
열아홉에 죽은 언니 하나 있지요
천지간에 혼자인 우리 엄마는
먼저 간 남편 원망도 하면서
외로움의 세월로 팔순이 되셨지만
'울어라 열풍아'를 간절히 부르는
팔순 할머니 되셨지만
먼저 간 언니 생각날 때마다 경문을 외면
평생을 함께 살았던 우리 외할머니 생각하면서
외로움은 눈물이 되지요
세상살이 적적한 엄마를 보고
하늘 사는 경희이모는
저세상은 깊어서 더 목이 메이니
외로워도 이승에서 오래 살다 오라고
꿈 속에 오신대요

먼 길

올 여름 지상을 떠난 그에게 사람들은 말했네

멀리 관악산 아래 첩첩한 육신을 놓고

적막한 구름이 되었을 것이라고

떠난 날부터 빗소리 우렁우렁 들리고

천둥소리 자식들 울음처럼 무거웠으니

세상을 등진 끝이 이토록 설웁다면

슬픈 별 하나 서녘에 또 빛나겠지

산기슭에 삼베 옷자락 내려놓고

이제 공중에서 헛웃음 치며 살 것 같은 영혼

생시에 팔다리 여위듯 이승의 먼 길 서둘러 갔으니

설핏 잠 속에 오지도 말고

남기고 떠난 사람들 시름 달래주면서

기쁨의 세상으로 오고

자식들에게는 어버이 마음으로

따스한 산과 강이 되기를

바보 대통령

마른 갈잎이여!
지금도 부스럭거리는 마른 갈잎이여!
한 번 만나지 않았어도
한 번 손잡아보지 못했어도
그 얼굴 그 웃음 아직 잊을 수 없으니
마을 한 바퀴 의젓이 돌던
그 기억으로만 오셔요
여름날이 길어서 이승의 것 그립거든
공중에 몸을 띄운 그 모습으로
가난한 아낙의 손길로도 오시고
사랑했던 이름들의 이마라도 짚어주러
기쁨이듯 오소서!
안타까운 내 나라 대한민국
우주의 향기로 따스한 땅이 되게 하소서!
눈빛만 마주쳐도 기쁨 넘치는 하나가 되게
양손에 福을 들고 기척으로 오소서
내 나라 안과 밖 수호신이 되소서!

환상 혹은 이어도

직설 같은 노동요 가사 속에
환상처럼 섬처럼 사는 몸은
내가 이 세상을 서럽게 산 흔적처럼
오늘도 바다에 몸 담그고
잣나무 배 한 척 기다린다
우리네 삶의 끝 보일 때마다
너와 나 옷깃이 서걱거렸던 것처럼
파도의 격랑 심해지는 날은
흰목물새떼 날개소리 커지고
섬은 하늘을 응시하며
 수중의 속내를 얘기해 주기도 한다
사랑이든 상처든 결국은 서로를 용서하는 것
밤이 되면 달빛으로 경계를 지우며
섬의 노래를 부르기도 한다
태초를 알리며

황매화

내 가슴에 봄엣것 다 들어올 때
옆집 저택 담장 높이가
떠난 당신의 이마처럼 높고 거만하다
세상 사는 일로 내 평생이 흔들렸지만
분노나 사랑 같은 것도 결국은
황매화 꽃잎 노랗게 피다가
시들어 버린 날짜와 같다는 생각으로 위태로워지면
황매화도 따라 켜켜이 시들고 있다
숨어서 저지른 내 사랑이나
영영 이별하고 떠난 살붙이나
날짜 지나면 갈 곳 없는 길을 간다

황매화 한 줄기 마당에 꺾꽂이해 놨더니
또 그렇게 뿌리가 돋아 살고 있다
세상 밖으로 그림자 늘리면서

꽃웃음

꽃밭에서 들리는 기척은
生이 그저 환한 웃음이다
사람들이 꽃 한 다발 한 아름 사서
집안에 놔두면 福이 오고 웃음이 온다고
말한 적 있다
나도 모란꽃 한 묶음 사서
웃음 없는 막내딸 방에 꽂아 놓았다
고독도 불행도 없이 세상을 그저
웃음으로 살았으면 좋겠다고 했다
어느날 나는 한낮을 움직이다가
화가의 모란꽃 그림을 송두리째 사서
막내딸 방에 걸어준 적 있다

진달래꽃

온 산천에 꽃들이 만발하면
구부정 허리로 산길 걸어오는 님
호명하길 기다리는 영혼들처럼
들썩이는 꽃들이 기특하여서
내 몸짓의 노고와 합체해 본다
나도 꽃이 되어 산허리에 한참을 서 있으니
공복에 꽃잎을 씹던 옛날이 생각나
꽃잎 따서 입에 물어 보니
내 속에 아찔한 향기가 퍼진다
환한 봄날과 함께

오동도 동백림에서

풍경의 안과 밖이

내가 사는 세상과 같다

서로의 비밀을 말하며 바람을 맞던 모습이

차갑고도 단아했지만

세월 보낸 역력한 흔적이

혼자 힘으로 호명하는 사랑이었다

내 근심을 알아보고

먼저 포기할 줄 아는 몸짓을 보여준다

움직임 없는 여수바다를 보고 배운 모양이다

나도 한 때 바다처럼

아무 일 없었듯이 살았다고 하니

붉은 꽃잎의 입김이

내게 한없이 전해져 들어왔다

동백꽃 그늘을 만지다

햇볕은 이파리 사이를 통과해 무늬를 만든다
정오를 향한 무채색이다
몸 흔드는 바람의 속셈은 배열이고
나무들 사이엔 세월 대신 향기가 배어 있다
그늘에 찍힌 나무의 무늬
고달픈 어느 한 때 내 휴식 같다

한 나절 그늘을 베고 허공을 보는 꽃의 사유들
먼 훗날 그리워지는 모습이다
가지의 꽃들이 가끔씩
지상에 떨어져 있다가 지워진다
어디서든 生이 주는 풍경은
서로를 감지하는 자국인가 보다
모습들, 밝고 편안하다

옥탑방 풍경

방 위에 떠 있는 무수한 별을 보러
나는 밤마다 옥탑방에 올라간다
날씨가 쾌청한 날 문을 열고 나오면
달이 뜨고 별도 떠서
내 생애 환한 날처럼 빛나지만
하루종일 흐리고 비 오는 날은 어둠이 내려와
하늘이 내가 되고 내가 하늘이 된다
하늘 보고 내가 얘기하면
전생의 내 몸 한 때를 가없이 보여준다
어디서 축생 한 마리 울며
담장 위로 걸어간다
여린 발자국이 찍힌다

거위

슬픈 갈퀴를 발에 달고 잘도 운다
목청 어딘가에 음치음역이 있는 모양이다
목울대를 거쳐 나오는 소리가
내 삶과 닮아서 슬머시 웃음이 나온다
주둥이에 노란 부리를 달고
낯선 사람을 지켜내는 소리는
다급한 경계의 소리다
날지 못한 설움이 살갗에 스몄는지
한 쪽 눈을 감으며 고성방가를 한다
삶이 치열할 때 저토록
소리치며 우는 것도 괜찮을 것 같다

애완견

내가 수십 년 살면서 만난 동물 중에는
고양이도 있고 개도 있다
신혼 때 키운 고양이의 이름은 퐁당이었고
살다가 키운 시츄는 꼬맹이고
말티즈는 보리였다
퐁당이, 꼬맹이, 보리는 지금 하늘나라에 있고
지금 내 곁에는 5년 된 말티즈 웅이가 있다
두 귀를 열고 집을 잘 지켜주고 있다
우리가 집을 비울 때는
101.9 라디오를 켜주고 나간다
그 말씀 다 듣고 成佛하고
짐승 몸 받지 말라고 부탁도 한다
알았다는 듯이 꼬리 흔들며
날마다 순종하며 산다

존재의 예띠

가슴 속에 살고 있는 히말라야 설인은
네팔의 파밀고원에서만 존재의 대우를 받고
그 외에는 사람들의 마음 속에 산답니다
영혼과 신의 목소리가 넘치는 네팔 땅에
발자국소리 내며 그에게 다가갈 때는
사람의 마을에서 꿈꾸는 소리가 들린답니다
그 너머를 기억할 때
자신의 가슴을 쿵쿵 치며 목청을 높이기도 한답니다
우리가 히말라야 설인을 기억할 때
눈발이 한없이 쌓인 그 어느 곳에서
혼자 외로울 때가 많을 거라 생각도 합니다
눈을 꿈뻑이며 오래 서 있을 것 같은 雪人은
폭설에 어깨가 무거워져도
예띠라는 이름으로 살고 있답니다
사람들은 지금도 히말라야를 오르면서
예띠를 찾아보곤 한답니다

이희정의 시집에 붙여

이근후
(이화여대 명예교수 · 정신과학 의사)

1. 이희정 그녀는 누구인가

이번에 상재하는 시집 《보름달편지》는 그녀의 여섯 번째 시집이다. 줄곧 시집을 상재하는 것을 보면 시인임이 확실하다.

그리고 시인의 등용문을 통과했으니 자타가 공인하는 시인이다. 그렇다면 이런 시인이란 말 한 마디로 그녀를 설명할 수 있을까 궁금해진다.

시인이 어디 그녀 하나뿐인가. 그래서 한 발짝 다가가서 이희정 그녀가 누구인지 궁금해 해 본다. 내가 그녀를 탐색하기 이전에 이미 스스로 자백을 한 시가 있다. 나는 이 시 두 편으로 그녀를 설명하는 문을 열어 본다.

건강진단해 보니
심장이 다른 사람보다 크다고 한다
그래, 내 심장 속에는 세상이 많이 들어있어서 그래
울타리 같은 자식들 셋이나 있고
떨어져 있으면 애타는데
함께 있으면 살이 끼었다고 하는
남편 앉아있고
훗세상을 향해 슬픈 시 써 보는
막내동생도 앉아있고
기억이 퇴색되어가는 슬픈 엄마도 앉아계신다
그 뿐인가!
내 직업 속에 앉아 웃고 울리는
치매 노인들 살고 있고
둘째 동생도 가부좌 틀고 앉아있는데
사시사철 바람과 빗물까지 들어와
내 심장이 포화상태가 되었나 보다
지금은 새벽 5시,
오늘따라 늦은 귀가의 가족들 기다리면서
나는 또 심장 한 부분을 쓰다듬고 있다
그래, 그래! 가상하고 아름다운 내 심장아
더 이상의 병명으로 아프지는 말거라
말거라

– 〈내 심장〉 전문

낙타의 뼈를 쪼아 만든 목걸이를 착용하며
가슴에 낙타의 무덤을 만들어준 그녀는
가난이 슬픈 한 남자를 만나
애지중지 자식 셋을 얻었다
제주도에 사는 아들 곁에
착한 며느리를 둔 그녀는
힘든 세상 혼란에 빠질 때마다
못 본 척 모르는 척 하늘을 우러른다

기억 슬픈 엄마를 고향에 둔 그녀는
가슴 미어지는 큰딸이 되고
동생들에게 내리사랑은
마음으로 밖에 할 수가 없어
수십 번 속울음을 운다
배우 지망생 막내딸에게는
가진 것 없어 슬픔의 탈이 나기도 하지만

生의 인연 깊어서
치매 어르신들 부대끼는 날들은
울다가 웃다가 하루해가 넘어가고
오래된 실수가 참회로운 그 여자는
오늘도 명상의 몸짓으로
달빛을 받고 있다

사는 것 하늘의 뜻이라서
기억 속 아버지 생각나면
한밤에도 자주 깨어 시린 詩를 쓴다

– 〈이희정〉 전문

이 두 편의 시로 그녀를 설명하는 데 부족함은 없다. 왜냐하면 그 자신이 토해낸 그가 생각한 그 자신의 모습이기 때문이다. 더 이상 무엇을 붙인다면 군더더기가 될 것이다.

짧은 시 구멍구멍마다 저미는 아픔을 박고도 천연스럽게 어루만지고 있으니 그래서 나는 시인이 존경스럽다. 같은 말을 내가 쏟아내면 주절거림에 불과하지만 이희정 그녀가 쏟아내면 줄줄이 시가 엮여지니 존경스럽지 않을 수가 없다. 내가 존경하는 것은 시인이다. 이희정이 시인이니 시인과 같은 수준의 존경을 보낸다.

2. 예띠 시낭송회에서 만나다

이희정을 처음 예띠 시낭송회에서 만났다. 예띠 시낭송회는 1999년 처음 만들어진 시인모임으로서 좀 독특한 탄생 비화를 갖고 있다.

당시 나는 생명의 전화란 전화상담봉사에 동참하고 있었던 조순애 시인을 만나 상담봉사와 상담교육을 함께 했었다. 이런 인연이 성숙하면서 보육원생에 대한 감성적 봉사를 구상하고 의논을 드렸다.

요즈음 보육원생들은 고아가 아니라 기아라는 점이 특징
이다. 버려진 마음이 얼마나 상처가 될까라는 연상은 부모
를 잃은 고아에 비견되지 못한다. 고아는 부모를 잃고, 그리
움은 있는 상태로 단념이나 포기란 선택을 하지만 보육원에
부모로부터 버려진 상처를 안고 와 있는 소외아동의 트라우
마가 더 클 수 있을 것이란 공감대를 가졌다. 살아있는 부모
에 대한 그리움보다 자기를 버렸다는 원한과 적개심이 더
클 수 있기 때문이다.

그렇다면 시인들의 따뜻한 마음과 시적 감성을 통해 그들
과 공감할 수 있다면 그들의 상처를 보듬을 수도 있을 것이
고 미래에 시인이 되거나 아니면 훌륭한 사회적 역할을 하
는 긍정적인 일원으로 성장할 수 있을 것이란 희망을 결집
하여 탄생한 것이 예띠 시낭송회다.

모두 등단한 시인들이 모여 보육원생과 어울려 멘토로 지
도사로 때로는 가족으로 지금까지 이어지고 있다. 매년 원
생들과 시인들의 시를 모아 사화집을 낸 것이 올해로 13권
을 출간했다. 이런 곳에 그녀가 온 것이다. 인연이라면 큰 인
연이겠으나 그녀의 생활 편편을 이해한다면 이 인연은 진작
이루어졌을 인연이다. 그녀는 보육원생들에게 시를 지도하
는 선생님이기도 하고 한두 원생을 가족 삼아 돌보는 역할
도 했다.

그런 그녀를 보면 천성이다. 인위적인 교육이나 남의 시선
을 의식한 행동이 아니라 그런 행동 자체가 하나도 이상할
것 없는 천성 그 자체의 표현이다.

그러나 나는 자꾸 주무르고 위로하니
씻은 듯이 나았다
눈물나게 고운 내 손가락

에서 보듯이 이런 위로를 나에게도 남에게도 자기 손가락
보듬듯 한다. 그러니 천성일 수밖에 없지 않겠는가.

3. 시는 아름답기만 해서는 모자란다

"시는 아름답기만 해서는 모자란다. 사람의 마음을 뒤흔들
필요가 있고 듣는 이의 영혼을 뜻대로 이끌어 나아가야 한
다."

이 말은 호라티우스(Quintus Horatius Flaccus, BC 65~8)
가 그의 시론(Ars Poetica)에서 했다는 말이다. 로마시대의
시인으로 "시인은 자신의 가장 좋은 점을 아낌없이 주기 위
해 사람들을 가르치고 훈련할 필요가 있다"는 말로 시인을
정의하기도 했다. 이 명제에서 나는 이희정에 대해 몇 가지
두서없는 생각을 정리해 보고자 한다. 첫째는 아무나 시인
이 될 수 있는 것이 아니구나 하는 생각이다.

나도 학생 때는 시인이 되고 싶었다. 하지만 시라고 한 수
써서 선생님에게 가져가면 도대체 무슨 소리 썼는지 이해할
수가 없다고 했다. 하긴 내 감정에 겨워 혼자만 주절대었으

니 선생님이 감동할 이치가 없다. 아름답지도 않고 감동도 줄 수 없다면 이는 시라고 흉내 낸 것도 못된다. 이런 의미에서 그녀의 시는 아름답기도 하지만 읽는 독자로 하여금 공감과 잔잔한 감동을 쉽게 유도해 낸다.

그의 시 가운데 감동적이기도 하지만 쉽게 가슴에 와 닿는 시들은 자신의 이야기나 아니면 가족의 이야기를 풀어 나간 대목이다. 시란 어떤 의미에서 보면 인생에 대한 비판이고 좁히면 자기 자신에 대한 성찰이다.

이번 시집의 목차에서 보듯이 모두 4부로 나누어 묶고 있다. 제1부 '사막에 강이 있었네', 제2부 '불시착', 제3부 '만남을 표현하다', 제4부 '노인병동에서' 로 나뉘어 있지만 바탕에 흐르는 면면은 종국적으로 자신으로 향하는 비판이나 소망 그리고 꿈으로 이어 놓는다. 시적으로 표현하면 그리움을 그리워하는 시인이다. 이러한 자세는 아무에게나 있는 자세는 아니다.

그녀에겐 왜 세속적인 갈등이나 아픔이 없겠는가. 그녀에겐 왜 숨 막히는 갈등이 없겠는가. 그녀에겐 왜 생의 끈을 놓고 싶은 좌절이 없었겠는가. 하지만 그의 귀결점은 언제나 한결같다.

살기 위해 우는 것은
흐린 날의 배경이며 생의 치열한 목청이다

- 〈청개구리 울음에 관한〉 일부

그녀는 치열한 목소리조차 아름답게 공감하도록 만드는 재주가 있다. 이런 재주는 필시 그녀 자신의 삶 속에서 갖고 있지 않으면 분출해 내지 못할 귀중한 경험들일 것이다. 진정한 자기 체험이 아니고서 그냥 흉내낸 것이라면 시가 아니라 그것은 시적 기분에 불과할 것이다.

그녀는 남들도 다 갖고 있는 그 처절한 목소리를 치유로 몰고 간다.

> 내 손톱에 물든 붉은 꽃물이
> 피 같고 살 같아서
> 겹겹처럼 살 수 없는
> 세상의 길 같아서
> 밤새 꽁꽁 묶어 더운 수혈을 했지
>
> — 〈울밑에 선 봉선화야〉 일부

이 치유로 몰고 가는 그녀의 천성이 바로 귀결점이다. 시의 치유적 기능이 없이 그냥 자신의 경험이나 갈등, 한스러움이나 분노와 같은 것을 독백처럼 주절거렸다면 이는 분명 시가 아니었을 것이다.

토인비(Arnold Joseph Toynbee, 1889~1975)가 장 꼭토(Jean Maurice Eugene Cocteau, Jean Cocteau, 1889~1963)와의 대담에서 했다는 말 가운데 "시인은 성자여야 합니다"라고 지적한 부분이 있다. 너무 어렵고 거창한 목표의 지적이긴 하지만 그래야만 마땅할 것 같다는 생각은 든다.

너무 거창한 데 비유해서 죄송하지만 그녀가 성자라는 뜻
이 아니라 측은지심이 있고 자신을 돌보고 그 돌봄을 이웃
을 위해 나누어주는 천성이, 자신이 인지했든 인지하지 못
했든 그런 길을 가고 있다는 지적을 하고 싶다.
그녀가 지금 그런 길을 걷고 있다는 느낌을 몇 편의 시를
통해 짚어 본다.

그저 덜 듣고 편히 살라고
한쪽 귀를 희미하게 만들었구나

– 〈내 귀〉 일부

가파른 내 삶이
물씬 희망이었습니다

– 〈네팔 사람의 생각〉 일부

여름 땡볕이 뜨거울 것 같아서
얼음 같은 샘물을 맘껏 적셔 드린다

– 〈현무암할아버지〉 일부

이런 시구들이 모두 자신이나 이웃을 향하는 측은지심이
다. 성자를 향하여 걷는 수행자의 몸과 마음의 언어들이다.
이 몸과 마음의 과정을 언어 특히 아름다운 시구를 통해 창
조해 내는 바로 그것이 시가 아니겠는가.

4. 이희정과 함께 한 봉사들

나는 그녀를 만난 인연으로 두 가지 봉사를 함께 했다. 모두 (사)가족아카데미아의 사회봉사팀과 함께 한 봉사로서 보육원 봉사와 네팔 봉사를 꼽고 싶다.

이번 시집에는 보육원과 네팔 봉사 그리고 요양원의 노인에 대한 봉사가 많이 들어 있다. 보육원과 네팔 봉사는 나와 함께 한 인연이 있다.

눈에 뜨이는 시 한 수를 먼저 적어 본다.

유일하게 귀가 뚫리지 않으셨다는 분께
음악CD를 선물하고
이제는 귀가 열리리라고 확신해 봅니다
기다림이 긴 이곳에서는
사람들의 말소리로 시간이 흐르는가 봅니다

– 〈긴 엽서〉 일부

가슴이 뜨끔하다. 내가 그녀로 부터 CD 한 장을 선물로 받았으니 귀가 안 뚫린 사람은 바로 나다. 평소에 나는 농담처럼(사실이긴 하지만) 소음과 음악을 구분하지 못하는 음치라고 말하곤 했었다. 음악에 대한 소양이 적음을 과장해서 말한 농담이다. 이 농담을 그녀가 기억하고 있음이 분명하다. 평소에 이런 나의 음치에 대해 측은지심을 갖고 있었을 것이다. 그의 시에 내가 등장했다고 해서 뜨끔한 것이 아니라 "이제는 귀가 열리리라고 확신해 봅니다"란 구절에서 그 확신이란 시어가 마음에 걸려 뜨끔했다는 뜻이다.

어떻게 보면 너무도 일상적인 상황을 나로 하여금 잔잔하게 뜨끔한 공감을 유도해 내니 그가 하는 말은 그냥 말이 아니다. 시는 그 시인의 고백이다. 귀가 뚫리지 못한 나를 측은지심으로 안쓰럽게 생각해서 한 장의 CD를 선물했는데 내가 듣지 않고 있을 확률을 점치면서 나를 또 한 번 홀린다. 내가 마음으로 걸린 바로 그 시구다. "이제는 귀가 열리리라고 확신해 봅니다" 지금 만일 그녀를 만나 한 번도 듣지 못했다고 고백을 한다면 그녀는 또 다른 한 수의 시를 생산해 낼 것이다.

이런 일상생활 속에서의 잔잔한 시는 여행을 하면서도 봉사를 하면서도 노인요양원에서 노인을 저세상으로 떠나보내면서도 잊지 않는다.

먼저 봉사와 연관된 시를 몇 편 추려 본다. 봉사의 큰 줄기는 보육원과 네팔 그리고 요양원 노인에 대한 봉사이다. 대상이 다를 뿐 그녀의 속마음은 오로지 하나다. 치유로 이끌어 감이다. 치유와 연결되지 않은 그녀의 시는 시가 아니다. 그가 치유능력을 가졌다기보다 많은 독자들이 그녀의 시를 읽으면 치유적인 담담한 마음 그리고 일상에서 흔히 일어나고 느끼는 평범한 정서에조차 자기도 모르게 함입됨으로써 치유기능이 발현된다는 뜻이다.

그녀는 부지런해서 발품도 많이 판다. 절집 다니는 것이 그렇고 자연이 수려한 유적지를 다니는 것도 그렇다. 노잣돈이 모이면 멀리 외국으로 나가 발품을 팔면서 그녀의 시정을 놓치지 않는다. 발품을 팔면서 쓴 시들도 일정한 규격과 내용을 함유하고 있다. 먼저 그녀의 아픔 외로움 갈등과 같은 것들은 그리움이란 단어로 대표되는 아린 정서로 표현된다. 그 표현은 자신의 정서를 내면화하면서 보듬는다. 이 보듬음의 결과는 수도자처럼 안정을 찾고 그 안정된 고운 정서가 그의 곁을 필요로 하는 모든 이들에게 잔잔하게 확산되어진다. 이런 그녀의 시적 정체성을 나 나름의 치유과정으로 풀이해 본 것이다.

나는 그런 의미에서 시는 어떤 사물을 보든 어떤 상황을 노래하든 그 상황을 아름답게 묘사하고 그 아름다움으로 자신을 치유할 수 있어야 하고 그 치유의 결과가 다른 사람의 아픔까지 치유할 수 있어야 진정한 시라고 혼자 정의해 본다(이는 나의 직업과 연관된 연상의 정의일 뿐 시론적 시의 정의는 아니다).

앞으로 일곱번째 여덟번째 시집이 줄줄이 나올 것이지만 이 시집들도 모두 자신의 아픔과 타인의 아픔을 치유로 이끄는 힘이 실린 시들이었으면 좋겠다는 마음을 가져 본다. 감히 독자분들의 일독을 권하면서 독자 나름의 성찰과 치유가 함께 하기를 손 모아 기원해 본다. 축하드리며, 《보름달 편지》는 곧 우리들에게 보낸 편지라고 생각해 본다.

이희정 제6시집

보름달돼지

지은이 / 이희정
표지화 / 이영철

발행인 / 김재엽
발행처 / **한누리미디어**
디자인 / 지선숙

121-840, 서울시 마포구 잔다리로 35 서원빌딩 2층
전화 / (02)379-4514, 379-4519
Fax / (02)379-4516
E-mail/hannury2003@hanmail.net

신고번호 / 제300-2006-61호
등록일 / 1993. 11. 4

초판발행일 / 2013년 1월 21일

ⓒ 2013 이희정 Printed in KOREA

값 8,000원

※잘못된 책은 바꿔드립니다.
※저자와의 협약으로 인지는 생략합니다.

ISBN 978-89-7969-445-1 03810